_____ 님께

_____ 드림

글벗시선 233 신순희 다섯 번째 시집

삐뚤삐뚤 춤추는 인생

신순희 지음

도서출판 글벗

다섯 번째 시집을 출간하며

2016년, 시인의 첫발을 내디딘 지 어느덧 아홉 해가 흘렀습니다. 그동안 꾸준히 쓰고 고치며 걸어온 길 위에서, 때로는 뜻밖에 당선의 기쁨을 맛보기도 했습니다. 그러나 상보다 더 귀한 선물은, 시를 쓰며 제 내면이 조금씩 넓어지고 깊어졌다는 사실이었습니다. 그것은 나이의 덕분일 수도 있고, 시가 저를 다듬어간 결과일 수도 있겠지요. 어쩌면 두 가지가 함께 얽혀 오늘의 저를 만들었는지도 모릅니다.

삶은 언제나 반듯하고 곧기만 하지는 않았습니다. 가끔은 비틀거리고, 가끔은 멈추기도 했습니다. 그러나 돌아보니 그 모든 발자국이 모여 저만의 춤이 되었습니다. 삐뚤삐뚤한 걸음마저도 춤이라 부를 수 있다면, 그것은 결국 삶이 지닌 고유한 아름다움 덕분일 것입니다.

자연은 언제나 저의 스승이었습니다. 강물의 흐름을 바라보다가, 저는 종이배를 떠올렸습니다. 종잇장처럼 연약하지만, 물길에 몸을 맡기며 끝내 어디론가 흘러가는 작은 배. 그것이 제 인생 같고 제 시 같았습니다. 바람이 불면 기울고, 물결이 일면 젖기도 하지만, 결국 흘러가며 노래를 남기는 배, 저의 글도 저의 삶도 그러했습니다.

길을 걷다 보면, 늘 제자리로 돌아옵니다. 시 또한 그러했습니다. 멀리 떠나고, 헤매고, 잊혀진 듯하다가도 다시 마음 깊은 곳으로 돌아와 저를 불렀습니다.

이번 시집은 그렇게 돌아온 마음의 기록입니다.
시가 제게 그랬듯이, 이 시집이 누군가의 일상에 한 줄기 빛이나 숨결이 되어 주기를 바라봅니다.

삐뚤삐뚤 춤추는 인생,
이 길 위에서 늘 이끌어 주신 글벗 문학 최봉희 회장님께 감사드리며, 길이요 진리가 되신 하나님께 영광과 감사를 올립니다.

2025년 가을에, 산여울

수원 FM 96.3mhz

시가 흐르는 냇물

제31화 신순희 시인편

차 례

제2부 마음의 지층

제3부 시간의 두 얼굴

제4부 슬픔을 건너는 노래

제5부 기억의 강을 따라

제6부 삶이 남긴 질문들

■ **서평**

제1부

계절을 거닐다

핵심정서	사계절
	꽃과 비
	생명의 순환

겨울비 부슬거리는 아침

겨울비 밤새
조용히 내린 거리
새벽 발걸음만 분주하다
해그림자 게으른 아침
비린내 없이
냉기만 코끝에 닿는다
미세먼지 씻고
건조한 계절 틈새를
부드럽게 적신다
오래전 화단에 자리 잡은
잔솔가지 사이사이를
헹구듯 흐른다
그 옆, 나이 든 억새풀 끝에
방울방울 맺힌 겨울비
초록빛을 머금은
봄의 기척을 약속한다
잠이 덜 깬 비틀거리는 바람
어린 소나무를 심술궂게
차고 지나간다
출근길 조심하라고
겨울비가 일러준다

2월이 되면

2월이 되면
안부가 궁금한 대지가 있다

떠나려는 겨울 붙잡고
녹은 눈 밤새
흙을 들어 올려
사그락거리는 발자국을
그대로 품은 텃밭

굴뚝에 넘치는 새벽 연기
몰래 울타리를 넘듯
가만가만 오는 봄을 맞아
냉이 싹 얇게 펼쳐진
아래 밭 모퉁이

얼었다 녹았다
발효되는 퇴비 더미 위로
모락모락 피는 김
엉덩이살에 덕지덕지

말라붙은 똥오줌의 송아지
낮 햇살에 콧구멍으로
큰 호흡 내뿜는 마답*

서너 마리 토종 수탉
암탉들을 거느리고
날카로운 발톱으로
녹은 땅을 헤집던
대추나무 많은 뒷밭

그곳 주인은
천국에서 봄바람으로 돌아오고 있다

* 마답 : 외양간의 소를 밖에 끌어내어 쉬도록 매어 두는 공간

가을을 거닐며

가을은,
초저녁 귀뚜라미 날개로 와서
한낮을 흔들던 매미 소리를 밀어내고
하늘을 점점 푸르고 넓게 받든다
장맛빛 구름을 걷어 내고
고운 양털 구름과
황홀한 저녁노을 잔치를 한다

벼 사과 감 배 대추 빨간 산 열매
탱글탱글한 노을빛 담은
꽃이 낳은 알맹이들
노을을 삼킨 농부
가을을 익히는 사람들

가을은,
지구의 궤도를 비스듬히 눕혀
단풍잎 물들일 햇살을 뽑는다
먼 산, 고향 먼저 물 들어온다
앞산 뒷산 노르스름한 칡 이파리
밭고랑을 가득 채운 연노랑 들깻잎

소나무 가지 끝에 앉은
노란 빗살 주름치마

가을은,
장작불 타듯 뜨거운 마음을
산으로 끌어낸다
얼굴에 빛나는 능선의 절경
발가락으로 쓰다듬는 능선의 포개짐
새벽안개 가득한 계곡의 파스텔
가을은 차분하면서도 두근거리게
도톰한 옷깃을 파고든다

꽃걸음

벗꽃 한 장
비단 꽃길 흩날리고
바람을 데려와 눕고
사람을 데려와 앉히고
눈을 마주치며
고운 마음을 읽어내고
천상의 마음을 전하고
겹겹이 따스한 숨결
올올이 길목에 퍼지고
살랑이며
살짝살짝 옷깃을 들었다 놓으며
아무 데서나 길을 만들고

꽃길을 걸으려면 꽃잎보다 더 가벼워야
꽃잎 상하지 않을 텐데
옆으로 걸으며 마음만 한잎 두잎
살며시 어루만지고 간다

꽃무릇

볼 수도 없고
안 볼 수도 없는 틈새
성근 꽃술에
속눈썹을 치켜올린 듯
고즈녁한 꽃송이 자태
어떤 그리움도 견뎌 낼
따뜻한 눈빛으로
기다리면 되는 것이다

속이 타고 목마를수록
길어지는 대롱으로
한 방울 이슬 같은 사랑
끌어당겨 마음을 축인다

때론 붉은 접시 같은 비행으로
희끗한 초록빛 나무 위를 스치고
고추잠자리 따라
유유히 뭉게구름 건너며
그대의 품속인 양
초가을 한기처럼 파고 들어간다

너에게 물을 준다

공존한다는 것이
그렇게 힘겨운 일일 게야

봉선화야,
오늘 곧 비가 온다는
소식은 들었지만
지금 너는 시들어 있으니
물 큰 컵 하나 부어준다

좁은 화분 안
백도라지가 꽃을 피우느라
물을 더 많이 삼키는 모양이야
깊은 뿌리로 바닥까지
수분을 먼저 데려가 버리는 듯해

넌 도라지보다
얇고 가느다란 실뿌리로
물의 틈새를 찾아서 나아가고 있구나

비 올 한나절만이라도
생기를 되찾으면 좋겠다

봄비 내리는 밤에

봄비가
꽃잎의 얼굴을
골고루 어루만지며
이젠 보내야 한다고
아쉬운 기별을 속삭인다

철쭉은
조금만 더 있고 싶다며
생기 어린 눈빛을 보낸다
길바닥에 흐드러진 눈물
보이지 않느냐고 묻는다

봄비는
너의 두 볼에 떨어지는 나의 눈물도
꽃이 되게 띄워 올리는 마음
봐 줄 수 없냐고 묻는다

어쩔 수 없다는 마음
끝내 껴안고
그들은 밤을 울며 지났다

봄비 마중

겨울비는
황사를 털어내곤
빙판을 깔아두고 간다

봄비는
아무리 많이 내려도 과하지 않다
마른 지푸라기
가을에 떨어진 낙엽들 위에
촉촉이 수분을 더한다

따스한 물기는
가랑잎을 천천히 풀어내 흙에 스미고
뿌리를 흔들어 땅속 온갖 씨앗의
껍질을 두들겨 문을 열게 한다

봄 마중은
모든 꽃들이 잠들어 있던
마음을 향해 걸어 나온다
흘깃거리기도 하고 미소 짓기도 하며
아지랑이 바람에 귀를 쫑긋거린다
봄비는 모두를 춤추게 한다

사월은 참 고왔다

봄빛
모든 이의 주름을 펴는
사월의 마술

여린 꽃잎
보드라운 풀잎

꽃도 풀도
나무도 피는 사월

제비의 둥지
고양이의 웅크린 주름
노모의 웃는 얼굴
농부 밭고랑의 채소

식량도 희망도
모두 피어나
가득 채워 갈
참 고운 빛 사월

산국

한낮 따가운 가을 햇살
정겨운 발걸음으로
뜨락에 방문했다

비스듬히 누워 핀
작고 향기 나는 가지에
쉼 없이 어여쁘다
햇빛 스며 앉는다

노란 산국 꽃잎
가녀린 손가락 펴면서
오전부터 마음 서성댄다

다닥다닥 붙은 입술
향기에 따라
먼 하늘 뾰족이 미소 짓는다

짙은 향기 올올이
그 추억 아른거려
감은 눈 거의 보이지 않는다

소나무 꽃 떨어진 산길

소나무 꽃 식혜 밥알처럼
딱따구리 노래하는 길 위에
둥둥 떠 있다

오르막실에노
내리막 어귀에도
가라앉아 있다
시원한 공기는 실컷
마시게 내어주고
송공송골 잘 숙성된
찹쌀 밥알처럼
그렇게 남겨져 있다
목에 걸려 사레들 일 없으니
맑은 공기 실컷 마시고
가라 한다
우정교를 지나
승가봉으로 가는 계곡
그늘진 길에
핑크빛 싸리꽃이 반갑게
숨 고르기를 청한다

솔가지에 붉은 가을

서울 양천 고성지
휴심 뜨락 가는 길에
소나무 몇 그루 있다

가냘픈 이파리
속내까지 털려 노랗게 물든
아롱진 솔잎

언덕 아래 흐르는
가을 한강물 빗겨내려
윤슬을 다듬고
서해바다 남해바다 멀리
보낼 거라 한다

솔잎 닮은 짧은 머리 나그네
흰머리 떼 내듯
솔 갈비 하나 둘
오솔길에 던지고 있다

씀바귀 꽃이 건넨 말

나더러 쓰다고
고개 젓지 마시게나
고개 저으며 꿀꺽 삼키면
그만인 것을
나보다 더 쓴 이를
만났으니
자식 앞세운 어미의
입맛이라 하더군
내 온몸의 진액이
그 어미의 슬프고도 쓴
눈물만 할까
나의 갈라진 뿌리가
그 어미의 마른 입술만 하랴
아무 일 없다는 듯
조밭 매며
호미로 내 뿌리 캐낼 때
난, 보았지

아카시아

한강 내려다보이는
궁산 언덕엔
벌써 한여름 태양 같은
따가운 햇살이
아카시아 나무줄기를 파고든다

수수 송이처럼
축 늘어진 꽃 알갱이들
꽃잎은 펴지 않고
한 꾸러미 끌어안은 채
토실토실 향기를 품는다

방긋 솟아나는 그 향기
작은 바람에 일렁이다
산등성이를 흔들고
산책 나온 붉은 옷자락을
나풀거리다
중년 남자의 뭉툭한 모자 끝에
풍기다 사라진다

산까치 날개 매무새처럼
곧 단정해지는 향기
그냥 서 있어도
상쾌하게 맴도는 뽀얀 향기
천천히 온몸을 돌아 나가며
점심시간이 끝나는 것도
잊게 만든다

휴대폰 알람이
매정하게 울릴 때쯤
그래도 벙그는 미소
가득 흘러내리는 향기

얼어붙은 연못

파문이 얼어붙었다
개구리, 소금쟁이 뛰놀던 연못 위에
잔잔한 물결이 자취를 감췄다

더는 나아갈 수 없는
형편에 이르렀기 때문이다
속이 훤히 들여다보일 만큼
투명하고 단단한 얼음판을
그들은 웬수라 했다

풀벌레 노랫소리까지 삼켜 놓고
시치미를 뚝 떼고 있었기 때문이다

자신은 얼기도 하고
녹기도 하는 이중성이 싫었지만
필요하다고, 중얼거린다

얼었을 때도
다가오는 친구는 생기게 마련

미끄럼을 타고 빠르게 파문을 일으켜
표면을 그려 주는 이가
찾아오기 때문이다

여름날의 정서와 동정심
겨울날의 이기심과 서릿발이
엇갈리며
그 자신을 지켜 주기 때문이다

연못가엔
하얀 미소 하나가 얼어붙었다

연꽃

생은 맘먹은 대로 흘러가지 않는다
흘러가는 대로 생겨 먹는 것이다
세상 곱고 아름다움에 취해만 살다 보니
어느덧 밋밋한 얼굴로 변해가고
남는 건 사리 같은 딱딱한 연자육
물속 침침한 곳에서
얼마나 견뎌 왔는지
숨쉬기조차 힘든 곳에
습한 뿌리를 내리며 숭숭
스스로 마음의 구멍을 내는
인고를 겪는다
뿌리로 힘을 모아 밀어 올린 꽃대는
귀하고 가장 우아한 자태를 드러낸다
그도 한여름 잠시뿐
힘없이 풀어지는 동공에
백내장 이끼가 들어와
다시 한번 양수 물을 헤집는다
물속 잿빛 허공을 거머쥔 혈관으로
견고한 꽃턱을 힘겹게 세워
사방을 지켜보고 있다

텃새들은 이곳저곳으로 옮겨 다니며
얼굴을 밟아대고 있다
골프채 같은 다부진 모양새로
세상을 한 번 힘껏 후려칠 기세이다

오월

오월
이달이 가기 전에
서로에게 마음을 돌리는
하루가 되자

나는 너에게
너는 나에게
그들은 우리에게
우리는 너희에게

조용히
위로하고 격려하자

화해와 치유는
엉켜 있으나
꽃을 피우고 향기를 내는
한 송이 꽃가지에게 배우자

말없이 피는 장미는
가시 같은 욕망을 드러내지 않는다

그저 다소곳이
피어 있을 뿐이다

참나리꽃

그냥 피어 있을 뿐인데
그녀는 활짝 웃는다고 말한다

가까이, 더 가까이
분내 묻은 꽃술에
떨리는 손등을 가져다 대며
붉은빛 도장을
살짝 찍는 순간
꽃은 아침부터 웃고 있었고
그녀는 이제야 웃는다

옆 가지 작은 꽃 옆
야무지게 입을 다문 봉오리
볼을 툭, 손가락으로 튕기면
금방이라도 웃을 것 같다

새침데기는 끝내 웃지 않고
내일 아침까지
기다리라고 한다

기다리면 언젠가는
웃고 또 웃을 일이 있다고
꽃봉오리들이
옆으로 옆으로
귓속말을 전한다

눈길은 어느새
속닥임을 따라
미소 짓고 있다

참매미

잡는 데 익숙한 손에
잡히고 마는 데 익숙한 곤충이
고래고래 소리를 지른다

하나뿐인 재주로 낙인찍힌
주름살투성이
땅속 터전은 축축해도 견딜 만했고
흙에서 숨 쉬는 수년 동안
폭풍우 걱정 없이 살았다

어느 여름날
날카로운 발톱으로 바닥을 긁어가며
나무를 오르는 길을 냈다

탈출과 대이동에
나무들은 기꺼이
입주의 문을 열어 주었지만
쉬운 일은 없었다

등이 터지는 진통이 시작되었고

두 번 태어나는 과정은
자존심과
묵은 옷을 벗는 일과
여섯 발가락으로 움켜쥔 것을
모두 버려야 했다

성장통은 그렇게 아팠다

햇살에 빛나는 날개를 펼쳐 보며
서서히 바람의 속도를 감지한다
날개에 힘이 오르기까지
목청도 가다듬어 본다

멀리 있는 한낮의 고향 풍경을
도심 공원의 미루나무에 풀어놓은
그 노랫소리
손바닥 안에서
카랑카랑하게 흐르고 있다

파닥거리는 아침에

도착했을 땐
떠나고 없었다

움직이는 계단을 뛰어내려
계단이 사라질 때까지 달렸다
바닥엔 밀대 자국
반질거리는 물기
상쾌한 느낌은 뒷전
투덜거리기 시작한다
좀만 기다려주지
열린 문으로 달려드는 순간
전철 문은 닫힌다

일찍 서둘러도 그 시간
늑장 부려도 그 시간
왜 이 습관에서
벗어나지 못할까

요즘 부쩍
출근하기 싫은 마음이

머리끝까지 수북하다
이게 2차 권태기인가
친구들의 정년 소식에
'뭐 하고 살아' 움찔하면서도
그만둘 수 없는 걸 안다

그래서일까
잠시 쉬고 싶은 마음
부러운 마음이
비처럼 들이친다

다음 차에 올라
내릴 때가 되었다
출근길 인파에 밀려
꽃게 걸음으로 문 앞까지
내쏟아진다

정신이 번쩍 든다
다음 차를 놓치지 않기 위해
환승 구간을 뛰어야 하기 때문이다

헉 헉 헉

앵두 익어가네

바람 하나 없는 고요한 빗줄기
앵두나무 붉은빛을 닦아
은은한 광을 내고 있다

투명한 물방울
앵두 볼을 골고루 당겨
쉼 없이 늘인 지 벌써 이틀째

탱글탱글 여름으로 가는 길목
작은 화단에서
누가 먼저 붉어지나
은근한 경쟁이 붙었다

열심은
익어 가는 가지에 붙은
초록빛 잎사귀에도 있다

제2부

마음의 지층

<table>
<tr><td>핵
심
정
서</td><td>내면 탐구
상실과 그 너머
관계 속 사유</td></tr>
</table>

그리움은 남아

아직도 그대
보고픈 것은
그대의 손때
여전히 내 일상에
배어 있기 때문입니다

아직도 그대
그리운 것은
낡은 편지 속 숨결
여전히 향기를
품고 있기 때문입니다

지금도 그대
사랑스러운 것은
첫정의 눈송이
내 마음 위에 아직
녹지 않았기 때문입니다

눈에 보이지 않던 것들

우리는 나이가 들어 늙으면
모두가 장애인이다

지금 비장애인으로 살면서
내 마음이 장애인지는 몰랐다

보이는 것으로만 단정 짓고
잣대를 삼았던 적이 몇 번인가

장애인으로 인한 편리해진 교통수단들
우리도 슬며시 당연히 이용하는 것들

장애는 따가운 눈초리가 아니라
누구나 갖을 수 있는 노약함이다

편견에서 벗어나는 몸에
속사람이 찾아와 당부하기에

더불어 사는 가치있는 삶에
어깨동무를 하려 한다

인생 늙음의 계절에
젊은 세대의 길을 열어 본다

변명

선한 사람에게
불행이 자주 일어나는 것은
자기방어에 신경을 쓰지 못하기
때문일 것이다

선한 사람은
타인의 아픔을 먼저 생각하기 때문에
상대를 공격하지 못하기
때문일 것이다

타고난 성정을 바꾼다는 것은
극한 어둠 속에 오래 머문 후에야
가능할 것이다

그러므로 관용을
함부로 남용하는 것은 위험하다

백의리층

굳지 않은 자갈층
미고결 역암
둥글둥글한 자갈 표면

지금의 한탄강이 생기기 전
옛 한탄강이 있었다는
증거의 자갈들
시루떡에 팥고물 얹히듯
층층이 깔려 있다

현무암 아래 눌려
오십사만 년
숱한 질고의 시간이
가치를 알아보는
지금에야 빛난다

옛 한탄강
진화된 한탄강
유구한 세월을 넘나드는 강가
물살이 몰고 간 자갈의 방향은

물길을 고스란히 드러내며
지질학자들의
번뜩이고 고요한 시선을
머물게 한다

지금 우리는 어디쯤인가
커서 위대한 것보다
작고 가치 있는 것을 존중하는 이곳
세계가 주목하는 백의리층에
함께 서 있다.

봄의 초대

그해의 봄은 심히 치열했다

꽃 가지의 움은
뾰족뾰족 비집고 나오나
이내 제자리를 잘 찾는다
한 가지에 붙어
다 같이 잘 피어나는 것을 배운다

솔가지의 봄도
찌를 듯 날카로우나
향기는 늘 푸르다

대선
참다운 승리란
임기 동안 공약을
잘 지켜 내는 것이 승리다
무엇이 되어서 이루고
무엇이 안 되어서
이루지 못하는 것은
풀잎만도 못하다

순간의 모면을 넘기고
모두 공평하려는 것은
언제나 행복하려는 것과 같다

차세대를 위한 기회의 나무로
가로수를 심어
그들의 길을 밝히 비추기를 바란다

비둘기낭 폭포

어떤 목소리는
스스로가 찢으며
돌에게 기억을 남긴다

그 아래
말없이 고인 푸른 눈은
깊이를 드러내지 않는다

나는
그 눈을 오래 들여다보다가
내 안의 복잡한 길들을
하나씩 흘려보낸다

상실하면서 얻는 것

뉘엿뉘엿 서산에 해질 때
깔리는 어둠에 젖어
낮을 상실한다

시골 밤하늘에 별들
보석을 수놓아 빼곡하듯
도시의 밤 풍경
크고 작은 불빛으로 다채롭다

사라져 아쉬움 때문에
새로운 것에 도전하는 힘
걷는 인생길 덤으로 펼쳐진다

새벽비에 젖는다

자정을 훨씬 넘어
새벽으로 가는 창가에는
어제저녁부터 떨어지는
굵은 빗방울 소리
시계 초침처럼 똑딱이고

뉴스에는 올해 장마가 곧
시작될 거란 예보
플라타너스 가로수 잎
하얀 빗방울 받아 펼치며
좀 더 짙은 초록 솔질 남몰래

입안에서 나가지 못하는 언어들
혀뿌리를 무겁게 누르는 것처럼
팔레놉시스 화분 우두커니
꽃대 하나 올리지 못하고
실외기 깔고 앉아 있다

창가엔 비와 화분
숨은 별과 생각 하나
잠을 안 자고 계속 똑딱거리고 있다

속살

누구에게든 속살이 있다
겉모습에 익숙한 눈길은 지루한 듯
차분히 더 살펴보기로 한다

몇 바퀴를 돌았을까
동구 밖을 돌고
바닷가를 돌고
동네 이장집 울타리를 다가가
부용 꽃대에 머물렀다
밝고 화사함이 두근거리게 하고
여리고 부드러움이 목화 꽃처럼
눈가에 번진다

이장집 딸의 미소도 그랬다

궁전처럼 웅장하고 깊고
우아함도 지녔다
아늑하고 포근함마지 준다
꿀을 찍어 낼 듯한 포크 같은 꽃술은
그렇게 활짝
그리고 고요히
한여름 속살을 햇살에게 한껏 내어준다

속

편할 날이 없다
사방에 햇살이 따뜻했던 오늘도
밤이면 두근두근 팔딱팔딱거린다
건너편 방에선 중년의 기침소리가
쿨럭거리며 속을 파고들고 있다
뼈다귀 앓는 소리가 방 안을 꾸역꾸역
채웠다가 문밖으로 새어 나온다
속상함이 풍선처럼 부풀어 올랐다가
터질 것처럼 팽팽했다가
가라앉는다
속이 다 쭈그러들어간다
머리 어깨 목 두 무릎 손가락 치아
온 몸뚱어리 뜯어고치고
갈아 치우고 해도
철들지 않는 속 때문에
옆에 있는 속들이 무척 고생한다
속이 속을 모른다
본인 속만 한강 물을 끌어들일 만큼
대단하다
그물에 끌려가는 물고기처럼

맥없이 끌려다니는 물고기 속을 모른다
어느 궤짝에 갇혀 숨도 못 쉬고
팔딱거리게 될 가족의 속을 모른다
아픈 거만 대단한 속
미안해할 줄 모르는 속
물 보듯 뻔히 떠내려갈 속에
온 가족이 딸려 들어간다
속이 부글부글 끓는다

심지

배배 꼬여도
내색하지 않고 불을 밝히는
고집 여기 있다

흥건히 적셔주는 기름
벗 되어 함께 하니
자신을 태워
점점 짧아지는 것도 잊은 채
낮이나 밤이나 등불로 산다

견고한 가슴 태우고
마음의 의지 태우고
생활의 심지 다 태우고도
솟대처럼 꼿꼿하게
서 있는 사람이 있다

안개 떠난 자리

모두를 집어삼켰다가
때가 되면
하나도 부러짐 없이
그대로 내어 놓는다
웅크린 청개구리
등에 물기를 털고
팽팽하던 거미줄
은빛 구슬 무겁고
물방울을 뭉친 풀잎도
반질하게 멋을 부릴 줄 안다
초가 집터를 둘러싼 토지
잠복시켰던 새 생명을 아낌없이
내어놓는다
모두가 해갈하는 아침
금방 갈아 신은 하얀 운동화
오솔길 위에서 얼룩지고
이슬을 피해가는 학교길
깡충거린다
고향의 어린 시절은
아침 안갯속에 묻혀 있다

자식에 대한 주제넘은 마음

너의 쓴잔을
내가 마실 수 있다면
너의 쓴웃음
내가 가로챌 수 있다면
너의 부재를
내가 대신할 수 있다면

너의 인생에
멘토가 될 수 있다면
너의 미래에
깃발이 될 수 있다면
너의 사랑에
유산을 채울 수 있다면

주상절리

뜨거운 용암에
금이 가고
커다란 구멍이 뚫리고
선이 그어지고
벽을 이루었다

찬 기운의 침입은
피할 수 없는 분열
땅 밖으로 자라난 기이한 조각들
장작더미 숯이 되듯
상상할 수 없는 열기와 냉각
그들을 덕지덕지 갈라 놓았다

수직을 이루고
수평을 고집하며
방향을 돌리고
틈을 보이나
그의 중심은 기둥이어야 했다

짝사랑

내 맘 사랑의 빛은
항상 밝게 빛난다
몰래 훔친 기쁨으로 산다
그의 눈빛에서부터 인지
그의 심장에서인지
그의 미소에서인지
그의 맵시에서인지
알 수 없지만
그도 모르게 매일매일
훔쳐서 내 심장에 쌓고 있다
생각의 날개 아래 품은 심장
무얼 안고 있기에 뛰는지
활짝 펴고 날아오르는
춤추는 은빛 날개
무얼 가졌는지
상상의 공원에 핀 꽃들
눈을 감아도 예쁘게 피어 있다
현실 밖은 언제나 아름답다

철원 두루미

펼치거나 오므려도
한적한 풍경으로 다가오는
겨울로 전진하는 커다란 날개가 있다

사뿐거리는 가느다란 걸음
종아리만큼 긴 목
몸뚱이 살며시 붙잡아
아침 햇살에 반짝이는 눈빛을
드리우고 있다

수초 대신 강변을 채우는
새하얀 깃털로
흐트러짐 없는
예의 바른 춤사위는
한나절이 지나가는지도 모른다

산 중턱을 가로질러
허공에 긋는 선은
금세 지나간 길을 지워가며 간다
흔적을 남기지 않아
언제나 새로운 길을 남기며 난다
눈웃음늘의 모눔이다

초면

처음 만나는 사람 대할 땐
머리카락 색깔이나 옷깃을 보지 않고
표정과 눈을 깊이 마주한다

사라지는 동심을 잡고 있는지
주름에 비친 어린 모습
귀여운지 개구쟁이였는지도 보인다
애써 과묵한 표정은 거리를 두고 지켜본다
감정을 감추고 살아온
주름 섞인 사연 궁금하기 때문이다

모두 소중한 삶의 표정
그 만의 인생길 온 얼굴 속에 비친다
의연한 모습에 당당함은
본연의 들꽃과 같다

한 푼의 짧은 시간

거친 호흡 멈추려고 해도
저절로 복식 호흡
어깨마저 들썩인다

놓친 지하철
놓친 출근 시간
아쉬운 발걸음
지각 후의 상사 표정

금쪽같은 아침 시간
쪼개고 잘라
버릴 것이 없이 빠듯한데
워크 맘의 등에 땀만 주르르

전속력으로 달렸기에
두 정거장 지나도록
숨 고르기는 계속 되었다
1초의 허망함을 부둥켜안은 채

행복은 언제나 미래에 있을까

행복을 언제나 미루어
두는 것은
지금이 불행하다는 생각
때문이다

호 불호
행 불행
애초에 기준점 모호한 것을

행복은 다가오는 것보다
만들어 내는 것이다

가끔은 기쁨을 행복으로
착각한다
슬픔이 불행하다고
생각하는 것처럼

My home

끝없이 펼쳐진
잔잔한 은하수로 돌아가리

평온한 물결
바위를 어루만지는
수평선 있는 바다로 돌아가리

고요를 달고 흘러나오는
풀벌레 소리 가득한
숲속으로 돌아가리

눈을 감으면
더 멀리 보이는
물소리를 따라가리

초원을 지나 산등성이를 지나
꽃을 수놓듯 흐르는 바람 따라 가리

아득히 먼 곳이어야 하리
다시는 뒤돌아보지 않을
곳이어야 하리

편히 쉴 곳
본향은 그런 곳이어야 하리

저녁마다 밤마다
새벽에 동이 트기까지만이라도
그런 곳이어야 하리

제3부

시간의 두 얼굴

가을은 참 푸르다

붉어도 푸르고
노랗게 물들어가도 푸르다

비 와도 푸르고
낙엽 뒹굴어도 푸르다

여름내 그을었던 마음 살아나고
강기슭 장마 물빛 잊은 채
가을은 두근두근 푸르다

옷깃 단풍 따라 물들이며
푸른 하늘 흰 구름에 줄을 달아
둥둥 떠다니면서 푸르다

겨울산

흑갈색 능선 나란히
앙상한 바늘을 단 채
고슴도치처럼 웅크려 있다

간간이, 혹은 때때로
등산객들이 밟고 올라야
비로소 조금씩 꿈틀댄다

땀 냄새 퍼지기 전까지
뜨거운 물
컵라면 뚜껑을 열기 전까지
코끝을 찌르는 커피향
둥글게 번지기 전까지

촘촘한 가시 사이로
짧고 매운바람
들지 못하게 휘파람 분다

헉헉대는 입김
쿵쿵거리는 발자국 소리

황톳빛 능선을 더 꿈틀거리게 하고

뿌리 깊은 겨울산은
하산할 때까지
조금씩만 움찔거릴 뿐
해가 져도
그 자리에 꿈쩍도 않는다

겨울에 영그는 호랑가시나무

나목 사이로 꺾이며 흐른 햇살
느리게 내려앉아
산사의 앞마당 향로 위에
기도하고 있다
둘러보니 주변엔
겨울잠으로 숨소리 차갑다
울타리 나무 끝 한들거리는 바람
호랑가시나무 위에 맴돌다 사라지고
빠알간 송이, 초록빛 감아
대한의 절기를 수놓고 있다
냉기와 추위로 여물어진 열매
새들도 귀히 여겨 알아보는지
한 알도 건드림 없이 바라보다 떠난다
꽃처럼 피어나는 따스한 열매
고요한 숨결로 산사를 지키는
뭇 비구니의 가슴 가슴에
아스라이 빛나고 있다

고향은 내게

나의 탯줄이 묻힌 곳
숨이 멎는 날까지
단숨에 달려가고픈 곳이다
생의 흔적과 뿌리가 늘
두 눈에 아른거려
송아지의 되새김질처럼
쉬었다 생각하고
쉬었다 그리워한다

고향이 타향 되고
타향이 고향 되면
그곳이 그곳인 양했는데

어버이, 날 기르시던 푸른 초장
뛰놀던 언덕 위
개구리 헤엄치던 시냇가
쏟아질 듯한 하늘의 별 총총
달빛을 초롱불 삼던 오솔길
내 속에 핏줄 되어 살아 있다

그리운 건 얼굴뿐이 아니랍니다

세월 참 많이 흘렀습니다
아픈 듯 안 아픈 듯
참고 살았습니다

염치없게도 명절이면
스치는 얼굴들
이 땅에선 다시 못 볼 얼굴들
두 눈 감고 마음으로 맞이합니다

환한 웃음 엄하셨던 표정
생활의 몸짓 끼니의 손맛
님들의 일상이 떠오릅니다

내가 보호해야 할 자녀들
제대로 건사하지 못한 채
임께 보호받던 시절
그립습니다
자꾸만 그립습니다

낙엽이 질 때면 생각나

쌀쌀한 날씨는
따스한 체온을
그리워하며
옷깃 속을 파고드는데

뒹구는 가을 추억은
언덕에 핀 구절초 향기 그리워
입안 깊숙이
목젖을 타고 내려간다

고요한 음악
산장 카페 가득 채워 돌아 나가고
향수는 햇살을 삼키듯
심장에서 두근거리고 있다

함께 걷던 동구 밖 어귀엔
동네를 감싸고돌았던
낙동강 줄기도 푸르렀었지
손잡고 걷던 길은
영원할 것만 같았던

순간이었지

이젠 남도 아닌 친구 되어
그대의 삶을 응원하고

황혼빛 곱게 물들이며
커피 한 잔의 수증기로 살아간다

낙엽처럼

아, 가을이다
올가을엔 웃자

환히 웃으며 떠나는
단풍잎처럼
해마다 한 철씩 웃다 보면
부쩍 젊어지는 마음으로
겨울을 맞이하려니
웃는 채로 얼어붙어 보자

입동 얼음 속 박제로 박혀진
단풍잎 조각들처럼
누군가의 가슴에
웃는 채로 박혀보자

그들 웃을 때마다
더욱 크게 깔깔대어 보자
다물어지지 않는 입가 오르내리며
그들 삶 응원해 보자

대추 터는 날

가을빛 한 아름씩
나뭇가지 늘어뜨려
너울너울 춤 추고 있다

봄에 들려준 벌들의 노래
여름에 스쳐 간 천둥번개
새벽에 다녀간 이슬 한 방울에
계절은 여물어
반짝이는 햇살 서산에 뉘엿뉘엿
저물어 간다

알알이 그을린 얼굴에
아버지 눈빛 빛나고
아름드리나무 끝에 맺힌
불그레한 미소
마당에 깔린 신품 멍석 위에
수북이 쌓였다

두 사람 길게 맞잡아
밀고 당기는 성근 채 위에

오래 구르는 것만
건조실로 선택받는 시간이다

열매는 속에 품은 나무의 뿌리이고
생명의 근원이고 거둠의 은총이다

마우스

깍지 낀 손으로
어깨를 가만히 기댄 채
하루를 시작한다
그대의 손등을 만지작거리면
그댄 책상 위를 부드럽게
쓰다듬곤 한다
온 정성과 시선과 집중이
손가락 끝에 머물러
누르고 한걸음 나아가기 위해
원을 그려야만 하는 순간
그댄 그날의 일어날 멋진 일들
이루어질 목표를 알리고
그림 그리듯 그려 나가곤 한다
지칠 줄 모르는 그대는
7080으로 지친 나를 깨우고
매일 삶을 확인하며
매일의 일과를 기록한다
아무도 모르는 엉켜진 사연
아무도 모르는 업무 스트레스
아무도 모르는

상사의 기분 나쁜 음성을
함께 듣고 있는 그댄
고개를 숙이고 책상 위에 앉아
말없이 내 마음을 어루만진다
그대 내 옆에
나 그대 함께

백신

도시는 침묵했고
사람들은 두려움 속에 창을 닫았다
TV 속 숫자만 오르고 있었다

누군가 말했다
"백신만이 길이다"
졸고 있던 눈이 번쩍 떴다

전쟁은 총 대신
유전자 속에서 벌어졌다
드론 대신
바늘이 날아들었다

누가 무엇을 흘렸는가
검은 손은
말없이 변이를 조합해
덫을 놓았다

짐승은 비껴가고
사람만 걸려들었다

폐가 무너지고
산소가 끊겼다
죽음은 병상 위에, 거리 위에 퍼졌다

세상은 문을 닫았다
길은 봉쇄되었다
사람과 사람 사이
의심만 남았다

루드베키아 짙은 칠월
나는 중년의 팔뚝을 내밀었다

"이번엔 새 모더나입니다"
의사는 무표정했고
나는 고개를 끄덕였다

그 순간
몸은 실험대가 되었고
잠시 후
나는 다시 졸기 시작했다

비밀이야

속이 비치는 살갗 속
물 흐르는 연두 볼
천천히 달아오르며
조금씩 자라는 상록수가 있지

그 언덕엔 달려 오르거나
지쳐서 오를 때도
변하지 않는 생각들
오밀조밀 잎사귀를 펴고 있지

꿈은 말이야
아직 꾸고 있을 때에도
반쯤 이루었을 때에도
전부 이루었을 때에도
꿈인 거야

상록수 바늘 한 땀 한 땀
아픈 세상을 꿰매듯
그곳에 가면
곪았던 마음이 툭 터져
아물기도 하거든

소리글자

초목이 무성한 한반도
지구의 끝없은 자전과 공전 속에
오직 한 가지로 쑥쑥 자랐다

피종했던 임금님은
이미 눈을 감은 채
수확의 알곡 다발에
혼만 붙어 있고
말리고, 털고 채로 거르는 과정은
삶에 빼놓을 수 없는
소통의 수단 때문이다

거친 쭉정이는 날려
바람 속으로 사라졌고
부서져도 향기를 머금은
보드라운 알갱이는
밤하늘의 무수한 별처럼 빛나
입과 입 사이를 건너다니며
인사를 한다
아버지의 아버지로부터
흘러 내려온 민족 얼, 한글

어깨

그대 어깨에
얹은 손
힘주어 누르지 않으리

쓰러질 듯 처진 어깨
어깨동무하여
떠받히리

실낱같은 고운 손
거친 주름 파도 같아
끌려가는 두 어깨
힘껏 당겨 잡으리

어떤 하루, 낯선 하늘

장마철
온종일 먹구름 가득한
이상기류의 하루

높이도 넓이도
가늠할 수 없는 하늘 아래
찌푸린 미간처럼 후끈한 골목

빈 과자 봉지 하나
올랐다가 툭 내려앉는
고요한 바람
접시꽃 가지 사이로
슬며시 자취를 감춘다

낮게 눌린 구름층
하늘과 땅 사이가 너무 좁다
구름 더미에 도시가 어둡다
빗방울 하나 없이
이 정적은 어디로 흘러갈까

우윳빛 봄

앙상한 나뭇가지는
나이테 하나 더 두르려
껍질 여는 꽃샘바람에
흔들리고 있다
가지 끝 흰 촛불 하나씩 달고
엷은 빛, 밝은 빛,
아주 환한 빛을 비추며
꽃잎 열어
봄의 모든 기도를 담고 있다

3월의 기도
모든 학기가 시작되는
출발의 소원이 담긴
맑고 깨끗하고 뽀오얀 기도
소꿉장난하는 유치원 아이들
두 손보다 크다

공동체 첫발을 내딛는
우윳빛 가득한 아이들 얼굴
해맑은 웃음이

활짝 핀 목련 나무에
옹기종기 붙었다
봄은 늘 그랬다
쳐다볼 때마다 정결했다

이른 비 늦은 비

살다 보니 어떤 일로부터
멀리 떨어져
돌아가야 한다는 것에
사로잡힐 때가 있다

바람이 부는 데로
다시 돌아가고
물도 흐르는 곳으로
돌아간다는데

내가 돌아갈 시점을
아직 정하지 못했다
어디가 진정 나이었는지를

돌만 굴러도 깔깔대던
어린 시절
감수성 많아 훌쩍이던
학창 시절의 어느 곳
처음 엄마가 됐을 때
온 세상을 두 손에

안은 시점
사랑하고 사랑받던
긴긴 시간 속

이젠, 오랜 시간을 거쳐
바람이 부는 대로
물이 흐르는 순리대로
본향을 가야 할 것을 안다
정든 곳을 모두 두고
언젠가 돌아가야 할 곳을 안다

잠시 정지

비가 오나 구름이 가득하나
항상 일정한 빛을 내뿜고 있는
지하철 환승 구역 어떤 노옹
지팡이에 온몸을 의지한 채
모래알처럼 붙어 있다
밀물과 썰물처럼 움직이고
교차하는 인파에
숨이 차고 앞이 보이지 않아
물살이 빠져나가도록
기다리는 모양이다
한때, 엉덩이를 삐뚤거리며
어깨를 힘차게 흔들며
발걸음 구두 소리가 거만했던
세상 모든 것이 마치
발뒤꿈치 아래 있는 것처럼
누군가의 부러움을 사며
인정받던 상사 자신 있게 걷던
모습이었을 것이다
지그시 뜬 눈
전철에서 쏟아져 나온 인파들

갈래갈래 흩어지며 움직이는 동안은
그에게는 빨간 신호등이다
안전한 초록불은
차도 사람도 없는 고요한 통로이다
가만가만 조심스레 걷는 뒷모습
곧 다가올 나의 미래를 앞서가는
관절의 눈물 나고 서글픈 모형이다

청남대

그곳엔
현실과 달리
호수 잠잠한 기슭
고요함이 있었다

그곳엔
정권의 흐름을 저장한
커다란 데이터가
쉬고 있는 것이다

각자 필요에 따라
필요한 것만 꺼내
관람하는
그래도 되는
역사의 잔재들이 묻혀 있다

잴 수 없는 나무 높이나
측량할 수 없는 땅속 깊이를
산책길 거닐면서
짐작만 할 뿐이다

호숫가 줄어든 물선 둥글게
물 나이테라 붙이고 싶게
선명함을 내 품는다

평화

내면을 유지하기에
너무 먼 숲
작은 바람을 집어삼키고도
아무 일 없듯이
풀잎은 자란다

태풍을 고요히 잠재우는
산들은 늘
마음의 평정을 가다듬어
신뢰를 저버리지 않는다

찬비가 내릴수록
온몸으로 참는 몸부림
도톰한 입술로 얼굴을 가린다

하늘의 채색, 온 누리에 공평하듯
공정 사이로 평온이 머문 자리는
하루를 잘 다녀간 햇살의
여운 같은 저녁노을이다

홀로 가는 길

어릴 땐
바른길 가는 법만 배웠다

곧은 마음으로 가면
그 길이 좋은 길인 줄 알았었어

중년을 넘어선 지금
길은 없었다

갈 바를 알지 못하고
걸어간 적이 많았기에

주변이 원하는 길을
참 많이도 걸어왔지

자존감을 잃은 길목에서
서성이던 갈림길

길은 말한다
무리 속에 있으나
홀로서기를 잘 마친 길이
너의 길이라고

제4부

슬픔을 건너는 노래

귀뚜라미 한 마리

봄에 피었던 목련나무 아래
수풀 이른 밤 음악회
동남쪽 향수에 젖은
가을 해거름을 노래한다
밈칫하다가 신 빌길음 뒤로
들판 펼쳐 보이고
파란 입술 달개비꽃 보이고
허름한 초가집 굴뚝에
연기 보이고 반딧불 보인다
유년 시절에 품었던
가을 잎새 온갖 추억
귀뚜라미 다리가 풀어 놓는다
수컷은 가장이 양
앞날개 발음기를 열어
힘껏 비며 가을 부르며
하늘과 흰 구름 높이 올리며
더위 섬어 개녀
추수할 일감 손꼽아 본다

그대여

포장마차엔
사람이 속 끓어 소주 붓고
여름엔 더위에 땀 끓어
에어컨 붓고
가을엔 단풍잎 열기 끓어
바람 분다

못 살아, 못 살아
하면서 사는 것이다

속상해서 못 살고
더워서 못 살고
추워서 못 살고
웃겨서 못 살고
가을엔
허전해서 못산다

시야에서 사라지는 것에 따라
채우고 싶고
시야에서 돋아나는 것에 따라

또 채우고 싶다
언제나 비어 있다고
느끼는 인생

그대여 햇살을 만지라
감사하지 않는가

그리움의 향기

구름이 끼었다고
해가 없는 건 아닌 것처럼
눈앞에 사라졌다고
안 보이는 건 아닙니다

눈을 감으면
단풍잎 떨어져
겨우내 녹아 뿌리로 다가가
나무의 나이테를 더하는 것처럼

지나간 발자국 바람 불어
구석구석 돌아 나서면
풀꽃들이 다시 마음의 정원을 채워줍니다

향기는 언제나 구불구불하여도
부러지지 않으며
코끝을 지난 후에야
생각 속으로 흩어집니다

참 좋은 향기는
오랫동안 영혼의 신발 속에
가득 머뭅니다

긴긴 빗줄기

마디마디
끊겼다 합쳤다
공간 얼마나
허둥댔을지

소낙비 상대비
보슬비 이슬비
여우비 안개비

태곳적부터
이어온 묽은 끈

하늘 인간 땅
사이 오가며
생명 이어온
길고 긴 빗줄기

단풍나무 고운 잎 아래

늦가을 궁산
진경산수화 화가로 유명한
겸재 정선 님께서 즐겨 찾던
한강 훤히 내다보이는
정자가 있다

소악루 둘레 어린 소나무
단풍나무 잎 따다 수북이 이불 덮고
아침 늦잠을 잔다

햇살은 어느새
소악루 지붕 위에 비스듬히 누워
게으른 잠꾸러기 소나무를
물끄러미 내다보고 있다

녹색 솔잎 사이
빛바랜 단풍잎 무늬가
마치 자기 탓인 양 미안한 마음에
새들을 부추겨 노래로 달래 준다

아담하고 고즈넉한 풍경
자연은 서로를 보듬고 있다

닮은 꼴

가끔 자주 가는 불광중학교 뒷산
아침 산책길
바스락 걷던 나이 든 발자국 네 개
수다로 시끄럽다가 잠깐 멈춘다

사방에 온통 눈 내리듯 고인 낙엽들
작고 푸른 나뭇가지 사이로
수놓아 내려앉은 빛바랜 단풍잎들

사라질 운명 앞에 부둥켜안고
서로를 꾸며 주는
넉넉한 마음을 들켰다

그녀들의 주름 낀 눈 미소는
낙엽을 보고 닮는다

분재 국화

초본식물에서
수목 분재처럼 나무화된
국화여
그대 이름은 숭고라

복잡한 생의 사연
곡선 뒤에 감추고
한 폭의 풍경 절벽 위
꿋꿋이 선 기상

님의 손 맞잡고
믿고 따라온 길
송이에 깃들인 청순함
비할 데 없네

콧날 시큰 그리운
스산한 날에
국화꽃 향 가득히
연인해 주련

산소에 심은 마음

쓸쓸한 추석 향기가 지나고
심장에 흐르는 적막
뿌리를 놓지 못하는 삶도
어쩌면 끼인 세대가 절정이겠다

생존의 치열한 시기
저출생이 주는 미래
누구를 탓할까
자본주의 단면이 커져만 가는
어두운 뒷골목에 모두가 서 있다

태어났으니 오직 살아내야 하는
자녀들 등 뒤에 아른거리는
암담한 고민들 고개 숙이고
시스템에 다가길 수 있는
원망과 패배의 덩어리들 한숨뿐이다

너무 빠르게 변해서
준비 못 한 가정의례준칙
고집보다는 더 절실한 합외점
차세대에 의탁할 기도는
내가 가거든 산소 만들지 말고
하늘빛 자주 보고 살아가기를

살아낸다는 것

살다 보면
사랑하는 일보다
더 급한 일이 있겠지요

겹겹이 이는 작은 파도처럼
밀려오는 그리움도
뒤로 흘려
모래사장에 남겨야 하겠지요

각자의 마음
눈물로 종일
유리알 적시듯 씻겨내며
다시 맑아지겠지요

어둠을 집어삼키는
새벽처럼
모든 것을 뚜렷이
제자리에 세우겠지요

새벽까지 내리는 비

온전한 의미를 알기엔
너무 이르다

아직
밤이 새지 않았고
깊음에 잠겨 있기
때문이다

더위를 처분하고 있는
비 맞이한 흙은
아무도 몰래
가을 준비 들어갔겠지

그녀 가슴에
새벽까지 파고드는 빗소리에
덩달아
흙 속 구석구석 젖어 들다가
다시 잠 들었다

새벽을 잃은 사람들

겹겹이 쌓인
낙엽 사이로
새벽이 흐느끼고 있다
바람이 부는 대로
따라간 것이
종착점이 될 줄
짐작도 못 했을 운명
포개진 채로
숨 쉬는 것이 힘겨워
입술만 달싹이다
맥없이 멈춘 호흡
바람은 아수라장이 된
이태원 거리를
싸늘하게 돌아 나간다
온갖 자욱한 먼지
망할 음악 소리와
미친 듯 흐느적거리는 춤
멈추지 못했던 열광
시뻘건 미소들이 앗아간 목숨
때늦은 처방 안보

무엇이었을까
왜였을까

몹시 억울하고 통곡하는
진실을 알지 못한 유족과
모든 지켜보는 이들
다시 새싹을 틔우지 못할 가지는
떨어진 생낙엽 고개 떨구어
바라보며
옹옹기리며 온다
강대나무처럼 우두커니 서 있다

* 2022년 이태원 대참사 현장

슬픈 고요

긴 장마
모처럼 갠 아침
가까운 앵봉산
산비둘기 노랫소리에
봄인 줄 알겠다

구구 구국
구구 구국
구구 구국 국

구름 한 점 없이 파란
미운 하늘
장대비 소리
들리지 않아
평화롭지만

쓰나미처럼 쓸고 간
고향산천 산사태
유실된 전답
인명 실종 사망 소식에
마음은 무너진 둑에
걸쳐져 있다

시월 어느 아침에

무슨 가을비가
이렇게 자주 오는지
오늘 아침도 흐리다
경쾌한 지빠귀 소리 알람에
눈을 뜨니
창문 너머 전봇대
아침을 맞이한다
밤이나 낮이나
팽팽한 줄을 당기고 있지만
오늘 아침은 느슨히 창문가에 앉아
새들의 웃음소리를 즐기고 있다
멀리 까치 소리도 앉히고
작은 구멍으로
텃새 둥지 자리도 내어준다
집안 아침밥 냄새 구수하게
흘러넘치는 창가는
귀엽고 분주한 수다가 계속된다

시월의 대참사

아프고 아리고
애통한 현실이다

사라진 푸른 낙엽들
원치 않았던 추락
좀비 영화를 방불케 하는
차곡차곡 쌓인 압사
소름 돋는다

무엇이 그들을
그 골목으로 몰아넣었을까
무엇이 그 발길을 끌어가는
보이지 않는 줄이
되었을까

가을, 붉은 바람
세차게 후벼파고
지나간 자리
남은 자의 고통 실신을 거듭하고
아수라장이 된 서울 한복판

우리는 무엇을 애도해야 할까
떠난 이들을 추모하는 일
그것이 과연 다 인가

이태원 거리 남겨진
신발짝의 텅 빈 영혼
꽃들의 향기를 앗아간 슬픔
쪼개진 마음에 울컥울컥
흐르고 있다

제 몸의 온도

흙에 봄이 왔다
참 신통하기도 하지
대지에서
한 화분 뚝
삽질하듯 떼어 놓아도
흙은 봄을 알아듣는다

남쪽 바닷가 동백 아씨
겨울에 찾아와
봄이라고 우겼다는데

섬 같은 화분 하나
서울에 앉아
아지랑이처럼 솟아나는
따뜻한 연분홍 그리움
잔뜩 움켜쥐고 있다

착시 현상

마지막 가을빛
황적색 메타세쿼이아 나란히
환영하는 오솔길
그곳에 가면 언제나
나만 주인공 같다

시선 너머 점점 좁혀진 통로
스쳐 지나가 보면
처음이나 끝이
같은 폭 간격인데
착시 현상으로 보는 잣대로

일마나 웃었으며
얼마나 울었을까

결국 나는 나인데

주는 그리스도시니이다

크리스마스 풍경
일 년 내내 싹트지 않던 사랑을
연말 분위기에 우려내 본다
사계절 시린 겨울바람
따뜻한 사랑은
그 어디에도 찾아볼 수 없었다
나의 속내가 춥다는 것이
타인에게 발각되는 순간
주변의 시선은
날카로운 얼음조각으로
군데군데를 찌른다
뾰족한 끝이 감정을 파고
다 녹아들 때까지

현실이라는 인심이 그랬다
사람들은 사랑을 찾아 헤맨다
유명한 거리엔 더 많이 기웃거린다
건물에 둘러친 찬란한 빛이
사랑인 것 같았다
붉은색과 초록색이 어우러진

초코케이크에
사랑이 듬뿍 입혀진 것 같았다
겨울밤은 자정을 지나
새벽을 달리다 그치고
하나 둘 사라지는 땅의 별들 틈으로
집으로 향하는 걸음에는
허탈한 사랑이
차갑게 찔러 넣은
장갑 속으로 들어간다

내 영혼아 눈에 담은 것으로
잠들지 말고
생각의 되새김으로
사랑을 받아 담아 보자

태평양에 박힌 바늘

새우등에 박힌
1km 주삿바늘이
곪아 터진 방사능 용해물을 담고
태평양을 뚫었다

끝나지 않는 고래의 등 싸움
몸살 앓던 바다는
화풀이하듯
두 고래에 항의하듯
협박하듯 출렁인다

살려는 발버둥일까
잔인한 포즈는
모든 생태계의 숨통을 조인다

섬의 무늬
물결무늬 모래사장의 무늬
태풍 몰고 온 비구름의 무늬
푸른 잎새의 무늬
곤충, 꽃, 동물, 괴물들의 무늬

고통의 아우성들
지구의 심장을 난도질하고
수치로 계산된 오염은
자료 더미 속 과학자의 책상 위
무겁게 매달린다

푸른 눈빛,
우두커니 팔짱 낀 채
미간에 주름진다

대기가 할딱거리는
생존의 호흡을 짓누를 때
바다는 검붉은 순환을 반복하며
어그러진 물의 분자 활동 속에
수백 년 동안
괴로운 갇힌 울음을 울 것이다

* 후쿠시마 오염수 방류 즈음

행복은 축제입니다

믿을 수 있는 사람이
있다는 것은
가슴 벅찬 새 옷을
입은 것과 같습니다

사랑하는 사람이
있다는 것은
행복의 모자를 쓴 것과
같습니다

인생은
정신적인 지원을
맘껏 보내주는 사람이 있어
살아 있다는 것을
값지게 합니다

인생은 태양과 지구처럼
관계와 지원과
많은 관련이 있습니다

밝은 햇살이
모든 것을 살아나게 하듯
행복의 항체는
우리를 많은 해로부터
보호해 줍니다

그러니
당신이 할 수 있는 방법으로
다른 사람들을 행복하게 하세요
행복은 축복입니다

팥빙수

빙수,다 팥알 주변을
맴돌 미끄러지듯 누볐다
심심한 속내 스르르
범벅 속으로 파고들어
팥물 뒤집어쓴다

차가울수록 짜릿한 힘
점점 커진 장난기로
용광로 같은 여름의 입안
얼얼하게 두들긴다

사르는 불꽃처럼
더위를 태우는 빙수
작은 아궁이 토닥토닥
더운 여름 잘게 부순다

차가운 성질,
부드럽고 감미로운 장난꾸러기
묘한 매력으로 사랑받는
계절의 여심이다

기억의 강을 따라

게찜

움켜쥔 바다의
비릿한 향기를
좀처럼 내어놓지 않는다
멀리 대서양 어느 저녁노을
산식한 삽삭류

온몸 시뻘겋게
달아오르고 나서야
시원하고 찜찔한 냄새
보글보글 토해 내는
뻣뻣한 주검

장수의 비늘 같은 갑옷 속
비밀의 향내

전쟁터의 열기로
초토화된 후
승자의 허기로 드리워진다

그냥 체할 리 없다

소식이 뜸한 그가
연락이 왔다
어디에 있어요
질문은 항상
어디? 인 것이다
그만큼 여기저기
옮겨 다니는 내 일과를 따라
마음이 머무는 것이리라

체해서 한 삼 일
고생했고 지금도 다
낫지 않았다고 한다
오장육부 나이테에
주름이 생겨
그 무엇도 쉽사리
받아들이지 못한
몸이 되었다
조심했을 텐데
무슨 걱정거리가 식도와
위장을 긴장시켜

꽉 메이게 했을까

살다 보면
하늘이 무너지는 것을
떠받쳐 이길 자가
몇이나 될까
무너진 하늘을 보수할
시공자가 있어
땅에서 건물을 올리는 것처럼
구멍 난 하늘을 메꿔
체기가 풀리면
얼마나 좋을까

공작새 날개처럼

나의 공작새 날개는
오월의 장미로 수놓고 싶습니다

바르르 흔들어
운율을 전하는 느낌
상반되지만
우아한 모습으로
장식하고 싶습니다

잇몸 말갛게
한 번 열면 닫지 않는
꽃잎 웃음으로

붉은 공작새
노란 공작새
파스텔 주황 공작새
새하얀 공작새

넝쿨과 가지에 펼치고 앉은
나의 공작새 날개는
이미 물들어 있습니다

그런 것이다

행운은
준비된 자에게
기회가 있을 때
이루어지는 것이다

보람은
노력한 자에게
보상으로 다가올 때
느끼는 것이다

만족은
양만큼의 그릇이
가득해질 때
미소 짓는 것이다

사랑은
우연히 와닿는
아지랑이를 볼 때
흠모하는 것이다

내 코는 나비 날개처럼 벌름

그녀의 권사 취임식 날
아무도 올 수 없는 사정을 알고
축하객은 기대도 안 했지만
찾아오는 이들에게 반가운 마음
환한 웃음으로 맞이했다

일주일 전 행사날에 받은
선물과 꽃다발
가까운 친형제, 자매
기도의 동역자들의
얼굴이고 마음이다
3일째 되던 날에
시들어가는 꽃들에게
미안한 마음에 묶인 끈을
모두 풀었다

(내가 축하받느라 너희들이
이렇게 희생되는구나)

큰 냉면 그릇에 오아시스를 사다가

물에 담그고 꽃꽂이를 했다
좀 더 오래 두고
보고 싶은 마음이다

일주일 지난 지금
아침저녁으로 그녀 코는
나비가 된다
꽃향기를 맡으며
따스한 사람 향기도 맡는다

돌아올 수 없는 강

그대는 지금, 좀 더 조심스레
돌다리를 두드리며 건너는 중이다

한걸음 또 한걸음
흐르는 물 아래
그대 떠나온 시간 깃들어 있다

인생의 강을 건넌 자리는
다시 밟을 수 없고
저 물결은 한 번도 같은 자리에
머문 적이 없다

그대 이미
건너고 있는 그대를 살고 있다
돌아갈 길 찾는 사이에도 물은 흘러
돌다리마저 저만치 젖는다

잠깐 멈춘 틈에 들이마신
바람 한 줄 햇살의 결 한 올도
날마다 새롭게 피어나겠지

청춘은 다시 돌아오지 않기에

그대는 흘러가는 물이 아니라
흘러간 자리를 아는 사람이기에
그대 삶의 강 짜임새 있게
건너가야 하리라

무빙워크

걷고 있어도
걸음을 재촉하는
가만히 서 있어도
앞으로 앞으로 걷고 있는 지름길
내 다리와 발목과
발가락이 지쳤다고 꼼지락거릴 때
수고로움을 덜어주는 땅속 골목길

오늘은 어디가 아픈가 보다
멈춰 있고 조각조각 떼여 있고
내부의 흉물스러운 뼈다귀를 드러내고
창자 부스러기까지 분해되어 있는
슬픈 아침 시간
수술 풍경이 펼쳐졌다
끝으로 갈수록 점점 좁아
보이는 거리
환승 길이 휑한 거리
숨차는 걸음을 싣고 갈 거리
지각을 모면해 줄 거리
가로수 따위는 신경 쓰이지 않는 거리

어젯밤 회식으로 풀리지 않는 속을
올려놓을 거리
시커먼 거리

그냥 빠르기만 하면 되는데
원 플러스 원 걸음으로 묶어주면 되는데
투 플러스 원의 걸음은 더 괜찮았는데
터벅터벅 맥 빠지는 더 급한 걸음은
미끄러지듯 흘러가는 통로를
조민긴 되찾을 수 있기를 기대해 본다

기지개

경칩 지난 산 계곡
푸석 얼음 위
빛바랜 단풍잎 온기로
제 몸 크기만 한
집을 짓는다

그 아래 복수초
개미구멍 내듯 얼음 뚫어
햇살을 집안으로 들인다

풍화된 나뭇잎도
뿌리 세운 꽃잎도
꿈틀대긴 마찬가지다

만물은 기지개 춤을 추고 나서
씨익 웃는다
봄이다

벌들의 노래에 삶이 흐르고

일할 때 그들에겐 항상
즐겁고 신나는 노래가 있다
누군가 슬며시 시작하면
푸른 가지 꽃잎 사이로
새어 나오는 소리
금세 합창이 된다

수고의 열매
가지가 소유하던
노동의 결과가 누구 손에
머물던
노래에 열중하는 벌들꽃향기 부채질에
마르르 떨리는 날개
바이올린 선율 타듯
경쾌하고 감미로운 소리

삶을 노래하는 그들에겐
지치지 않는 힘이 있다
모아서 베푸는 사랑
끝없는 사랑이 있다

사랑이라고 하면서

사랑, 그 쓸개 빠진 눈물
정 주고 울고불고
뒤틀린 심사
헝클어진 생각
당황한 눈빛

저절로 우러나는 마음
그건 사랑이라기보다
존경일 것이다

허공에 사랑이란 글자를
매달아 놓고
허상을 실현하는 약속
사랑이라 한다
실체는 대가이면서

어쩌랴 꼭꼭 감추어도
충혈된 핏빛으로 번져 나오는
나를 채우기 위한 계산

사랑하는 이여

당신은 나에게
바람이 지나가면서
꽃이 피는 이유입니다
즐거운 봄날
되시길 바랍니다
따분한 순간은
절대 없을 겁니다
사랑하는 이여
황무지에 들꽃 피듯
당신의 꿈이 똑같이 피고
항상 덜 아프시기
바랍니다
사랑스러운 님이여
봄날은
겨울과 여름의
균형을 이루는 계절인데
새봄에
행복과 삶의
균형을 맞춰주니
마음껏 누리시길 바랍니다

새벽보다 이른 새벽

세차게 구르는 바쁜 차
바퀴 소리에 잠을 깼다

뒤척이는 이부자리가 벌떡 치솟아
어깨를 세우다 힘없이 스르르
주름 잡힌다
변기에 소용돌이치는 물줄기
밤의 정적을 흔들고
엊저녁 가족의 허기를 채운 빈 그릇
싱크대 위를 걸으며
달가닥 소리를 낸다
창밖 플라타너스 잎 늘어져
깊이 잠들었는데
한숨 자다 깨면 잠 못 이루는
야멸찬 잠버릇
맹숭맹숭한 하얀 안개
머릿속 깊은 곳까지 차지해
막 육십 대 이른 감은 눈 속에
잠 길을 열어 주지 않는다

출근해야 하는데
출근해야 하는데
아직, 아침은 멀다

애롱호수

파주시 힐링 명소
애롱호수에 가면
맑은 초록빛 머금은
큰 스마일 모양의
시원한 호수가
가슴에 파문을 일으킨다

턱 낮은 물가
한 바퀴 둘레길 이어지고
고요히 출렁이는 호수 기슭
물멍을 선물한다

고즈넉한 둘레길에
감성의 시인들
시화로 서서 반긴다

들뜬 마음으로 갔다가
차분해지고
따스해지는 마음

나와 다른 인생으로부터
지혜를 채운다

유월엔

초여름 산들바람이 안내하는
산 위에 올라
멀리 능선을 바라보자
꿈틀거리는
곡선이 좌우로 출렁이는 것이
호국영령들의 충성이 어른거리는
파도 같다
그 옛날 순국선열들의 치솟는 각혈이
묻힌 곳
전사 분사 옥사 병사한 무덤 위에
핀 풀잎 야생화 줄기 곱고
토양을 지키는 나무뿌리만큼이나
깊이 묻힌 국토의 뿌리들 두텁다
여느 가정의 대들보들
청춘의 이슬들
한반도의 슬픈 역사들
수 많은 이별들
한 생명마다 국가의 것이었던
시절이 있었기에
지금은 한 가정으로 정착하는
생명이 될 수 있다
그들을 묵념한다

인연

나는
그대가 지닌 감성을
조금씩 파 덜어 먹고
그대는
나의 온몸을 돌아 조금씩
점령한다

인연이란
맛깔난 음식을
섭취하듯
그렇게 서로에게
스며드는 것이다

잘 자라 우리 엄마

침대 끝에서
밤새 비가 내린다
이렇게 긴 비 내릴 때는
겨울비는 아닌 듯하다

잠을 이루지 못하는 긴 밤
음향으로 듣는 빗소리 속으로
여름밤을 회상한다

담장으로 둘러친
옥수수 댓잎에
떨어지는 빗소리
콩잎에 떨어지는 빗소리
오동나무 잎에
떨어지는 빗소리
추녀 끝에서 떨어지는
빗소리 빗소리

불면증은 회상으로 들어가
나올 줄을 모른다

종자와 시인 박물관

너나 나나 흙에서 태어났다
흙냄새를 알고
썩어 쾌쾌한 거름 내음 맡고 태어났다

두텁고 거칠든지
얇고 반질거리든지
모두가 언젠가
돌아갈 고향은 흙이다

차고 찬 비바람을 맞으며
서걱이는 표정을 감추고
웃으며 맺은 열매

누군가에게 갇혀 있음에도
행복하다
누군가의 소망이 될 만한
알맹이를 품고 있어
참 뿌듯하다

이 작고 단단한 생명들

누군가의 굶주림을 달래고
누군가의 시 한 줄을 피워낸다

유한한 삶을 초야에 새기든지
유구한 이름을 돌비에 새기든지
오랫동안 지켜볼 일이다

이곳에 모인 씨앗은
누군가의 생을 이어줄
고요한 시작이기에

* 2022년 제12회 글벗백일장-장려상 수상 작품

천주호

번듯한 건물 벽면처럼
덤덤하게 하늘을 받치고 섰으나
뼈를 깎은 눈물의 흔적이 있다

필요할 때마다
조각조각 떼어주어야 했던 신세
온몸 저리고, 살점 떨리는
정을 맞을 때의 비명 소리
땅속 깊이 감춘 채석장
고요히, 물빛 아래 잠들었다

기둥이 되고, 머릿돌이 되고
남은 잔재들은 풍경이 되었다
인간이 훼손하고 자연이 보수하며
제 몸 삭아 만든 곳

마주 보는 찻집
기운 채로 서서 손님을 맞고
틈틈이 서로 위로를 건넨다
폐허가 될 뻔했던 석산
뚫고 솟아오른 지하수
이곳의 보물이다

포천 화적연

연못과 화강암의 사연
짙푸른 연못 한가운데
볏단 적시고 기대어 앉으니
발 뻗고 잘 수 있었다

선조들의 절박한 기도
꿈속에서만 머물지 않고
돌처럼 썩지 않는
양식이 있으면 좋으련

한 번 먹고, 배고프지 않은 쌀
있으면 좋으련
낮은 연못 물을 울려
논 다랑이 가득 찼으면 좋으련

시냇물 퍼 올려
철원 평야에 흠뻑 적셨으면 좋으련
소나기 한줄기에
갈라진 논바닥 아물다가

다시 가뭄이니
돌 볏단 누이고
소원을 빌던 그 옛 시절

신이시여
수천 년 후에 주실 지혜를
지금 주소서

한탄강 346리, 그 푸른 상흔

철원의 평야를 끼고도는 강이
시퍼런 장도(長刀)를 손에 들었다
평강군을 가르고
철원군을 가르고
연천군을 가르고
전방과 최전방을 갈랐다

절벽을 가르고
숲을 가르고
이념의 위아래를 가르고
목숨도 그었다

수천 년을 지나면서
나누고 또 나뉘어
가졌다 놓았다 되풀이하는 순간들
강줄기는 온갖 사연 주렁주렁 매단 체
그때의 아픔을 흐느끼고 있다
삼백사십육 리 길
흩어버린 모래알 속에 묻은 역사는
바다로 점점 기어 들어기고 있디

과거를 잊은 청춘은
절경에 환호하고
풍경을 그리워한다
역사는 드라마일 뿐이라 한다
통일은 수면 위에 잠잠히 출렁거려
강기슭을 훑어보며
체한 듯 막힌 가슴
쓸어 내려간다

제6부

삶이 남긴 질문들

1.

10원

새벽 기도 갔다가
돌아오는 길에
작은 골목길 안쪽에서
동그란 구릿빛 물체를 발견했다

의미심장한 동갑내기

1986
10원
한국은행
1986년에 결혼했기에
서른여덟 살, 나이는 같다

자세히 보니 손때도 많이 묻었고
다보탑도 긁혔다
동전에도 가시밭길이
있었나 보다
누구도 알아주지 않는
십 원의 가치
세월이 흐를수록

값어치가 떨어져
아무 데나 내동댕이쳐도
주워 가지도 않는 십 원
서글픈 십 원

추억에 잠시 사로잡히다가
다잡는 말
넌 내 친구였어
보이지 않게 늘 함께하던 응원자
수많은 시간 속에 흐름
한 푼을 더 받기 위해
인정받으려던 직장 생활
한 푼을 더 아끼기 위해
야채값 깎던 재래시장
난 너를 함부로 버린 적이 없었다
새삼 정겹고 반갑다

* 2024 서미예문학공모 시부문 최우수상 수상 작품

그 남자

매일 아침
출근시간 지하철 안에서
시 들려주는 남자 목소리
불그레 물들고 있는
산등성이를 넘어
손안에 든 첨단 우체통으로
유유히 날아든다

마주치는 지하철 짧게 지나가는
굉음보다
훨씬 더 깊숙이 파고드는 정서와 정감
작가보다 더 작가 같은
나지막한 마음을 간직하고
있는 글 친구

멀리 있어도 옆에 있는 듯한
숨소리
시 속에서 들려온다
삶의 호흡
갈등의 미러

생의 찬미
때때로 우울을 벗어나려는 마음 짓

가끔은 내리려는 목적지보다
한두 역 더 지나간다
얄미워도 사랑스러운 친구

그러게나 말입니다

당신은
당신이 알고 있는
사랑으로
사랑해 주오
나는
내가 알고 있는
사랑으로
가만가만 사랑할 테니

석가모니면 어떻고
예수면 어떠리
미소는 다 같은 걸
풀씨를 바라보는
시선이 같은 걸

작은 몸으로
땅을 들어 올리듯
이 작은 사랑으로
성인을 들어 올리면 되잖소
그 사이로 얼굴 내밀고
꽃피우먼 되잖소

그럴 수 있을까

북적거리는 거리에 가면
그것을 볼 수 있을까
한적한 모퉁이에 앉아 기다리면
그것을 볼 수 있을까

성전에 들어가면
더 자세히 볼 수 있을까
그 사람 마음 안에 들어가면
볼 수 있을까

광활한 대지를 바라보면
눈에 띌까
넓은 파도를 보면
느낄 수 있을까

어디서든 볼 수 있으면
좋겠다
언제든지 정결한 마음이면
좋겠다
무얼 하든
잠잠한 천국을 볼 수 있으면
좋겠다

나는 누구인가?

베이비부머 시대에 태어나
386세대를 살고
X세대를 거쳐
밀레니엄 세대를 낳고
N세대로 성장해 가는 자녀들
뒷바라지하는 동안
이미 성장한 N세대를 못 따라가는 지금
AI인공지능에 제대로 적응하기도 전에
Big Data로 넘어가는
길목에 서성이고 있다

좋은 이름이란 무엇일까
작명을 잘 하는 것인가

잘 살아내고 있는 자의 이름
자신에게 가치 부여하고 사는 자의 이름
강한 부정 속에 긍정을 담고 사는 이름
변모하는 시대에
고집하지 않는 자의 이름
죽은 후의 평가가 새겨지는 이름

살아 있는 동안에는
미래의 대열에 끼어
꼴찌로 통과할지라도
출발선 근처에서 머뭇거리는
미아는 되지 말아야겠다는
승자의 여객선에 탄다

나비

춤을 추지 않고는 한 걸음도
나아갈 수 없는 세상
꿈틀거렸기에 번데기를 벗어났고
나풀거렸기에 꽃향기를 맛볼 수 있다
번데기는 올챙이보다 존재감이 적으나
개구리보다는 훨씬 먼 곳을 여행할 수 있지
갇힌 상태로 날아가는 꿈을 놓지 않았기에
생각과 지혜를 왔다 갔다 하면서
얼마나 준비를 많이 하였을까
식물도감 백과사전 하나쯤은 통달했을 것
남 보기에 비틀거리는 모습 추하고 더디어도
먼 곳을 비상하는 철새의 날개 달지 않아도
수직 낙하로 먹이를 낚아채는 날게 없이도
날것들은 아무도 거들떠보지 않는
꽃향기를 독차지할 수 있다
모두가 자기 것에 충실하지 않는 것에 비해
날개를 노 젓듯 휘저어가는 동안은
시간 걸리고 갈 길 멀지만
푸른 하늘과 꽃밭은 언제나 그의 것이다
고기 밝이 깊은 향내 나는 야생회를 점찍고

풀숲과 산을 옮겨 다니며 쉬어가기도 하고
작은 곤충의 몸으로도 벌판을 지나가다 보면
세상이 아름답다는 것에 눈을 뜨며
다시는 뺏기지 않을 혼자만의 세계를 춤춘다
날개가 떨어져 개미에게 끌려가도
삐뚤삐뚤 춤을 추는 인생이다.

* 2024 신정문학 전국공모전 시 부문 최우수상 수상 작품

낙엽

앙상한 뼈를 안고
늦가을 한 점
받을 준비를 하고
집을 나섰다

그리 멀리 가지 않아도
켜켜이 내려앉은
촉촉한 나뭇잎

찬바람 이는 공원
빈 의자 다리를 감싸고
나지막이 흐르는 찬 공기에
발끝만 까닥이고 있다

겨우 내 풀벌레들의 이불 되어
자리를 지킬 갈색 잎
삭풍에 점점 탈색되어
뿌리로 돌아갈 마른 잎들
이듬해 기약은
나이테 하나 없는 것이다

당신도 그러셨죠

외로운 만큼
당신 곁에 있을 게요
그리운 만큼
머물고 있을 게요

사람들이 내 맘 같지 않아서
고독해요
당신도 그러셨죠

커다란 거실 창문
투명 유리에
투명하게 흘러내리는
빗물처럼 슬퍼요
당신도 그러셨죠

차가운 겨울비 속에서도
따스한 김이 모락모락
오르도록 기도해요
당신도 그러셨죠

돌아오는 길에

뭉게구름 풀어져
교차하듯
새하얀 엷은 망사로
서로를 쓰다듬고 덮다가
지나가는 바람에 밀려
떠나는 걸음 아쉬워
먹구름이 된다
만날 때마다
우정의 두께를 더하고
신뢰의 모자를 푹 눌러쓰지만
전부인 것 같으나
한 줌 공기에
지나지 않는 사랑
뭐 그리 대단하냐고
핀잔을 주는 듯
현실은 그대로다
조그맣게 안고 있는
행복 그치도 뽑이기는
악몽 같은 시간들
언제쯤 내게서 멀어지려나
모퉁이 가로등 불 말없이
오르막길과 내 눈빛을 번갈아 쳐다본다

반달

고요한 밤에 하늘 뜬 광명
나를 비춰일 때면
자석처럼 끌려
그곳으로 간다

내 몸은 스스로 돌기도 하고
너를 돌기도 하는데
너는 오직 나만 바라본다

내 너 가리는 만큼
네 속에 들어 있고
너를 훤히 볼 수 있을 때
나 너 안에 없다

너 반쪽으로 보일 때
나의 존재감 느끼므로
네 모습 반달일 때
가장 흐뭇하다

비석

대청마루 위에 있는 시계
종일 벽을 어루만지는 일이
있은지도 수년 수개월
적막은 초침의 흔들림을
더욱 뚜렷하게 한다
주인은 병원에 누운 채
움직이지 못한 몸을 이끌고
고향집 마루 위에 우두커니
앉아 본다
이렇게 떠날 생각은 아니었는데
정신을 잃어
그녀가 쓰던 물건에게 인사도
못하고 앰블런스에 실려
떠났던 것이다
다시 돌아가려면
둥둥 뜬 몸으로
가야 한다는 것을 알기에
두 눈에 이슬이 고인다
반들반들하게 윤내던
가마솥 장독대 부뚜막 인방 장편

손때 묻힌 곳마다
늘 새것 같았건만
청춘을 모두 바친 곳
가여운 생은
어느 늦가을 눈
흩날리던 날
쌓이기도 전에 녹는 눈보다
더 깊이 들어가 흙으로 누웠다

* 2024서미예 문학공모 시 부문 최우수상

삶이 끌고 가는 출근길

바다 물결에
몽돌 구르듯
지하철에서 내린 자들은
자석에 끌리듯이
에스컬레이터에 붙는다

세 줄이나 네 줄로 다가와도
한 줄로 다듬어지기까지
모두 몽돌이다
질서는 움직여서 존재한다

양보와 관용이 자연스러운 현장
제자리만 고집한다고
되는 일이 아니라는 것을 알린다

가을비 쓸고 간 자리
단풍잎 떼어내듯
머물러 있지 않는다는 것은
저마다 깎인 아픔으로
예쁜 소리를 내는 것이다

아들의 결혼

결혼한다. 아들
이제 몇 주 후로
다가온 작은 이별

이별도 준비가 필요하다
보낸다
떠나보낸다
끈을 자른다

그것은 특정한 사람에게
보낸다는 것보다
홀로 걸어야 하는 길
위치에 따라
자격에 따라
목적에 따라
도리에 따라
책임감이 따르는 길

그 길목에 서성이며
이별을 준비한다

그 길에도 분명
인생의 안내자가
동행하리라 믿으며
두 손 모아 기도한다

언제 올 거니

진달래꽃
저녁노을 한 아름 안고
산등성이에 기대었다
오르고 또 올라서 정점에 왔건만
곱게 포갠 겹을 풀고
해밝은 웃음 짓다가
검은 점 지우고
하얗게 마른 입술을 오므리며
가느다란 숨결로
찾는 이를 맞이한다
시간은 말없이 맞이하는 추억
꽃분홍 한복에 주름 잡던 시절도
화전에 고명으로도 놓인 운명도
모두 그녀의 일생이었다
너무 흔하여 기억해 주는 이
많겠지만
특별한 인연의 끈을
쉽게 놓질 못하는
그녀의 눈빛
오로지 한곳에 머무른다

언제라도 좋으니
이곳에 한 번 더 와 주기를
기다리는 애절한 마음
역력히 보인다
이왕이면 이렇게라도
버티고 있을 때
찾아 주기를 바라는
간절함이 고개를 푹 떨구고 있다

은밀한 선물

아무도 모르게 한 일
한 해를 마무리하고 받은 선물
평가받으려 한 일은 아니지만
기분은 사뭇 좋았다

그윽한 향기 나는 오설록 한 세트
달빛 걷기
레드 파파야 블랙 티
웨딩 그린 티
삼다면 제주 영귤
티백 봉지에 적힌 이름만으로도
온몸을 두른 향기들
상상이 코끝에 와닿는다

꽃이 만발하고
영귤의 싱그러움 다하고
은은한 달빛처럼
달콤한 배 향
붉은 장미와
싱그런 파파야 곁들어진

화려한 풍미

아, 들어온 향기
내게서 다시 나갈 수 있게
마음 문 활짝 열고
왈츠를 추며 살아 볼까나

자전거

누군가의 발버둥으로
앞으로 나아가는
참 재미있는 녀석이
붙잡아 주지 않으면
쉬이 넘어지는 바퀴가
발버둥으로 발버둥을 한다

느리면 느릴수록 갈 길은 멀고
빠르면 빠를수록
온몸을 던져
고집부리는 꼬마처럼 뒹군다

정신없다
자기만큼의 발버둥으로
또 자기만큼의 몸부림으로
앞으로 앞으로 함께 간다

시간도 가르고
오월 바람도 가르고
개천도 가로질러

그녀만의 길을 내준다

나풀거리는 머리카락을 신고
바둥거리는 발길질을 신고
활처럼 둥근 허리를 신고
꽃길을 일렁이며 앞으로 간다

왔다가 그냥 가네

가을이 올 때는
능선으로 오더니
갈 때는
길모퉁이로 간다

골목길 샘 길 산길 물길
공원길 등산길
그대들 마음속으로 왔다가
낙엽 속으로 가라앉는다

허전하게 에워싸는 마음
헐렁하게 비운다
가을은 비우는 계절
늦가을은 쏟아 내 버리는 계절
빠알간 열매 한 가지
챙기는 계절이다

전쟁의 관람객이 되어

파이 싸움 시작되었다
러시아- 우크라이나
우두커니 지켜볼 일이다
사람과 사람 만나
사랑의 결실 후손을 낳고
현재 살고 미래 만들어 가나
알 듯 모를 듯 깔려 있는
국가 간의 갈등, 분노의 피해
언제나 민간인이다
참 비참하고 불쌍한 것
국가를 의지하고 사는 평민들
무참히 다치는 일이다
휴전선을 보유하고 있는
우리는
힘없는 나라에 사는
우리는
남의 일 아니다

시렁이처럼 꿈틀거릴 뿐
무엇을 할 수 있을까
선 넘지 말아야 한다면서
선 넘어가 보는 것은
욕망이고 침략이다

지는 것은 지는 것이다

권세에는 지는 것이
살길이기도 하다
하지만 동료에게는 지면 지는 것이다
한번 밀리면
같은 공간에 있을 동안에는
주종 관계가 성립되어
떠나는 순간 그날까지 노예로 산다
사람의 근성은
자기보다 약한 사람을 자기 아래 두고
애완견 취급을 하거나 이용한다
슬픈 일이다
청소년들의 개인주의 변천을
나무랄 일이 아니다
서로 함부로 권력을 휘두르지 않는 것이
공존의 의미가 있는 것이다
아무리 먹이사슬이 시퍼렇게 살아
돌아간다 해도
공존의 의미를 간과하지 않는다면
그 세계는 짐승이나 마찬가지다
인간은 인간이고 싶다

합리적인 선을 벗어나서
법망을 벗어나서 히죽대며
기분 나쁜 눈을 부릅뜨는 것은
당하고 싶지 않은 인간세계이다
스스로 인간이 누릴 것을 누린다 하지만
그 속은 이미 악마다
선한 싸움으로 스스로 지킨다는 것은
어려운 과제이기는 하나
살아남기 위해
자기애의 부단한 노력이 필요하다는
생각이 드는 것은 나만 일까

시로 읽는 다양한 삶의 성찰과 깨달음

– 신순희 다섯 번째 시집 『삐뚤삐뚤 춤추는 인생』

최봉희(시조시인, 평론가, 글벗 편집주간)

신순희 시인의 다섯 번째 시집이 상재되었다.

그의 시집은 총 6부 120편의 시 작품으로 자연과 현실에서 만난 삶에 대한 깨달음을 섬세하게 묘사한 시집이다. 시집 제목은 『삐뚤삐뚤 춤추는 인생』, 자연과 인생에 대한 깊은 성찰을 담았다. 더욱이 신앙에 근거하여 자연을 만나고 자신을 성찰하는 시집이다.

먼저 신순희 시인의 시적 특성을 시인이 마주한 현실의 문제, 시인이 만나는 주변 사람들, 그리고 시인이 사회문화적 맥락에 근거해서 세 가지 관점에서 살펴보고자 한다.

첫째 시인의 삶을 중심으로 전기적 맥락에서 그의 시를 살펴보자.

> 방울방울 맺힌 겨울비
> 초록빛을 머금은
> 봄의 기척을 약속한다
> 잠이 덜 깬 비틀거리는 바람
> 어린 소나무를 심술궂게

차고 지나간다
출근길 조심하라고
겨울비가 일러준다
- 시 「겨울비 부슬거리는 아침」 일부

  겨울비가 내리는 아침의 출근길 모습을 묘사한 시 작품이다. 시 작품의 전통적인 표현 기법인 선경후정(先景後情)의 묘사 기법이 잘 어우러진 작품이다. 이는 현대인이 자연과 더불어 사는 물아일체(物我一體)의 삶의 모습을 보여준다.
  일찍이 아리스토텔레스(Aristoteles Stagirites)는 "시는 자연의 모방이다"라고 정의 한 바 있다. 이는 시에서 자연이 매우 일찍부터 중시했다는 사실을 입증한다. 이렇듯 자연은 그 언어가 담은 뜻이 다양하고 또 그만큼 시와 시조에서 오랫동안 중요하게 다루어져 왔던 대상이기도 하다.
  신순희 시의 세계에도 자연이 차지하는 비중이 제법 크다. 특별히 자연과 인간은 조화롭게 공존하고 통합하는 일원론적 관점에 의해 그의 철학을 파악할 수 있다.

공존한다는 것이
그렇게 힘겨운 일일 세야

봉선화야,
오늘 곧 비가 온다는
소식은 들었지만

지금 너는 시들어 있으니
물 큰 컵 하나 부어준다

좁은 화분 안
백도라지가 꽃을 피우느라
물을 더 많이 삼키는 모양이야
깊은 뿌리로 바닥까지
수분을 먼저 데려가 버리는 듯해

넌 도라지보다
얇고 가느다란 실뿌리로
물의 틈새를 찾아서 나아가고 있구나

비 올 한나절만이라도
생기를 되찾으면 좋겠다
– 시 「너에게 물을 준다」 전문

　백도라지가 함께 사는 봉선화랑 마치 대화하듯 싱그럽게
표현한 작품이다. 이때 자연을 인식한 시인의 미학은 공존
의 삶, 자연의 질서와 조화에 의미를 부여하는 듯하다.
　자연은 생명이 돌아가 안착하는 본향(本鄉)이다. 삶의 영
원한 모태(母胎)로서 시인에게는 창조 행위의 에너지원이
된다. 이렇게 시와 자연의 관계는 인간과 자연의 관계처럼
매우 유기적으로 긴밀하게 연결되어 있다.
　신순희 시인의 시에서 자연을 성찰하는 것은 인간과 자연
에 관한 지혜를 보여준다. 인간과 자연은 근원적으로 동일

한 존재다. 시를 통해서 시인은 생명의 율동(律動)을 구가
(歐歌)한다. 다시 말해 자연미의 발견을 통한 삶의 성찰이
다. 조선의 자연관인 강호가도(江湖歌道)의 수기(修己)와
치인(治人)은 학문과 도덕을 닦는 측면에서 접근하는 것처
럼 신순희 시인도 신앙에 근거한 자연의 질서 탐구와 삶의
성찰을 담아내고 있다.

봄빛 / 모든 이의 주름을 펴는
사월의 마술

여린 꽃잎
보드라운 풀잎

꽃도 풀도
나무도 피는 사월

제비의 둥지
고양이의 웅크린 주름
노모의 웃는 얼굴
농부 밭고랑의 채소

식량도 희망도
모두 피어나
가득 채워 갈
참 고운 빛 사월
― 시 「사월은 참 고왔디」 전문

시인이 만난 여린 꽃잎 보드라운 풀잎을 묘사한 시 작품이다. 사월의 모습을 '식량도 희망도 모두 피어나는 참 고운 사월'이라고 시인은 표현한다.

릴케(R.M.Rilke)의 말처럼 '시는 체험이다.'. 특별히 깊은 삶의 체험을 감정에 담아서 표현한 시의 언어는 힘차다.

신순희 시인은 '산여울'이라는 아호(雅號)를 사용한다. 사람은 누구나 환경과 심경에 따라서 아호를 짓고 필명(筆名)을 바꿔 사용하곤 한다. 신순희 시인에게도 그 예를 적용하며 시 작품을 읽었는데 역시 읽기 전의 추론과 읽고 난 후의 느낌이 낯설지 않다.

시는 삶의 자유로운 분출이다. 분명한 것은 시인의 삶을 배경으로 시가 생성되었다는 사실이다.

신순희 시인의 다음 시 작품을 감상해 보자.

　　　나더러 쓰다고
　　　고개 젓지 마시게나
　　　고개 저으며 꿀꺽 삼키면
　　　그만인 것을
　　　나보다 더 쓴 이를
　　　만났으니
　　　자식 앞세운 어미의
　　　입맛이라 하더군
　　　내 온몸의 진액이
　　　그 어미의 슬프고도 쓴
　　　눈물만 할까

나의 갈라진 뿌리가
그 어미의 마른 입술만 하랴
아무 일 없다는 듯
조밭 매며
호미로 내 뿌리 캐낼 때
난, 보았지
- 시 「씀바귀 꽃이 건넨 말」 전문

참 흥미롭고 재미있는 시작품이다. 씀바귀의 쓴맛과 자식을 앞세운 어머니의 쓴맛, 나의 갈라진 뿌리의 묘한 대조가 빛난다. 나는 씀바귀의 쓴맛을 보았고 어머니의 눈물을 보았다. 마침내 나의 갈라진 뿌리도 성찰한다.

신순희 시인의 삶을 통해서 그의 시 작품을 이해할 수 있지만 반대로 시를 통해서 시인의 삶을 더욱 깊이 이해할 수 있다.

오월
이달이 가기 진에
서로에게 마음을 돌리는
하루가 되자

나는 너에게
니는 나에게
그들은 우리에게
우리는 너희에게

조용히
위로하고 격려하자

화해와 치유는
엉켜 있으나
꽃을 피우고 향기를 내는
한 송이 꽃가지에게 배우자

말없이 피는 장미는
가시 같은 욕망을 드러내지 않는다
그저 다소곳이
피어 있을 뿐이다
– 시 「5월」 전문

5월은 가정의 달이다. 조용히 위로하고 격려하는 5월이
되고 자신의 욕망을 드러내지 않고 그저 다소곳이 피는 장
미처럼 화해하고 치유하는 바람을 적었다. 자연 속에서 발
견한 삶의 순리를 간절히 말하고 싶은 욕망이 있었으리라.
아무리 위대한 시인이라 해도 결코 혼자서 시인이 되는
경우는 드물다. 아니, 거의 없다고 해도 무방하리라. 시인
은 반드시 동료, 선후배 시인들과의 정신적인 교류를 통해
비로소 시인으로 성장할 수 있다.
글벗문학회 회원의 경우, 글벗 창작 프로젝트를 통해서
100편 이상의 시를 쓰고 동료, 선후배 시인들에게 자신의
시를 공개적으로 선보인다. 그런 과정을 거쳐야만 시인으

로서 등단할 수 있다. 두세 편을 쓰고 난 후에 시인 등단은 어불성설이다.

시인은 먼저 시라는 장르의 관습을 익히기 위해서라도 알게 모르게 다른 시인들의 영향을 받을 수밖에 없다. 문학단체나 문학 동인으로 함께 활동하면서 글 나눔이라는 활발한 교류를 통해서 시인은 미학적 이념을 공유해야 한다. '글벗문학회'의 미학적 이념은 '아름다운 글로 행복한 세상'을 꿈꾸는 것이다. 물론 문학단체가 공유하는 미학적 관념을 충분히 이해하지만, 신순희 시인만의 독창성에 주목할 필요는 있다. 특별히 『계간 글벗』이라는 잡지를 통해서, 혹은 종자와시인박물관을 통해서, 혹은 다른 문학 동인들과 작품을 공유하면서 성장하는 상황적 맥락을 충분히 이해할 수 있다.

뜨거운 용암에
금이 가고
커다란 구멍이 뚫리고
선이 그어지고
벽을 이루었다

찬 기운의 침입은
피할 수 없는 분열
땅 밖으로 자라난 기이한 조각들
장작더미 숯이 되듯
상상할 수 없는 열기와 냉각

그들을 덕지덕지 갈라 놓았다

수직을 이루고
수평을 고집하며
방향을 돌리고
틈을 보이나
그의 중심은 기둥이어야 했다
- 시 「주상절리」 전문

시 「주상절리」에서 시인이 발견한 삶의 진리처럼 뜨거
운 용암에 금이 가고 구멍이 뚫리고 선이 그어지고 벽을
이룬다. 인간사도 마찬가지다. 하지만 수직을 이루고 수평
을 고집하면서 서로 방향을 돌리지만 그의 중심은 바로 기
둥인 셈이다. 위대한 발견이다. 이 역시 글벗문학회, 종자
와시인박물관, 연천이라는 사회문화적 맥락을 통해서 시를
읽을 수 있다.
  셋째는 사회문화적 맥락을 통해서 그의 시를 읽을 수 있
다. 시인은 자신의 속한 사회적 현실과 관계를 통해서 시
를 창작한다. 시인이 속한 역사적, 시대적, 사회적 문화적
맥락을 통해서 시를 읽고 이해할 수 있는 근거가 된다.

    철원의 평야를 끼고도는 강이
    시퍼런 장도(長刀)를 손에 들었다
    평강군을 가르고
    철원군을 가르고

연천군을 가르고
전방과 최전방을 갈랐다

절벽을 가르고
숲을 가르고
이념의 위아래를 가르고
목숨도 그었다

수천 년을 지나면서
나누고 또 나뉘어
가졌다 놓았다 되풀이하는 순간들
강줄기는 온갖 사연 주렁주렁 매단 체
그때의 아픔을 흐느끼고 있다
삼백사십육 리 길
흩어버린 모래알 속에 묻은 역사는
바다로 점점 기어 들어가고 있다
과거를 잊은 청춘은
절경에 환호하고
풍경을 그리워한다
역사는 드라마일 뿐이라 한다
통일은 수면 위에 잠잠히 출렁거려
강기슭을 훑어보며
체한 듯 막힌 가슴
쓸어 내려간다
  - 시 「한탄강 346리, 그 푸른 상흔」 전문

이 시는 한탄강 346리에 얽힌 수천 년의 역사적 상황이나 아픔을 생생하게 그려내고 있다. 그러면서 우리의 사명인 통일에 대한 염원을 은근히 피력한다.

신순희 시인은 문학적 모임을 통해서 혹은 개인적인 욕구로 의해 연천을 자주 오간다. 종자와시인박물관을 방문하는 것은 물론이고 그곳에서 열리는 다양한 행사, 즉, 글벗문학회 행사, 한탄강문학상 행사, 한탄강백일장, 재인폭포시화전, 연천국화축제꽃시화전 등에 적극적으로 참여하는 시인이기도 하다.

신 시인은 다양한 문학 행사나 공모 행사 등에서 열정적으로 참여하여 자주 큰상을 받곤 한다. 한탄강백일장과 글벗문학상 행사에서도 큰 상을 수상한 경험이 있다. 이는 놀라운 일이 아니다. 그의 글을 쓰는 열정에서 비롯된 일이다. 그의 시에는 '한탄강'과 '연천'을 주제로 한 시와 시조 작품이 제법 많다. 그의 대표적인 작품을 살펴보자.

굳지 않은 자갈층
미고결 역암
둥글둥글한 자갈 표면

지금의 한탄강이 생기기 전
옛 한탄강이 있었다는
증거의 자갈들
시루떡에 팥고물 얹히듯
층층이 깔려 있다

현무암 아래 눌려
오십사만 년
숱한 질고의 시간이
가치를 알아보는
지금에야 빛난다

옛 한탄강
진화된 한탄강
유구한 세월을 넘나드는 강가
물살이 몰고 간 자갈의 방향은
물길을 고스란히 드러내며
지질학자들의
번뜩이고 고요한 시선을
머물게 한다

지금 우리는 어디쯤인가
커서 위대한 것보다
작고 가치 있는 것을 존중하는 이곳
세계가 주목하는 백의리층에
함께 서 있다.
– 시 「백의리층」 전문

시 「백의리층」은 연천군 백의리 불탄소 인근의 한탄강
변에 있는 현무암 퇴적층을 시적 대상으로 말힌다. '백의리
층'은 주로 자갈들이 많은 역암층이 많다. 히지만 일부 모
래층과 진흙층이 현무암 아래에 놓여 있기도 하다. 한탄강
일대에서만 관찰되는 매우 특이한 현상이다. 지질 관련 교
육적 가치가 매우 높은 명소다. '커서 위대한 것보다는 작

지만 가치 있는 것을 존중하라' 시인은 이곳 현장을 직접
답사하면서 그가 깨달은 삶의 의미를 제시한다.

신순희 시인이 시집 서문에 밝힌 것처럼 삶은 언제나 반
듯하고 곧기만 하지는 않다. 한탄강의 주상절리처럼 가끔
은 비틀거리고, 가끔은 멈추기도 한 역사였다. 그러나 돌아
보니 그 모든 발자국이 모여 저만의 아름다운 주상절리가
형성되고 현무암이 되는 것이다.

시인은 삐뚤삐뚤한 걸음과 우왕좌왕의 삶의 질곡마저도
춤이라 부르고 있다. 앞에서 말한 바와 같이 시인은 자연
에서 자신을 발견하고 성찰의 삶을 살고 있는 듯하다.

아, 가을이다
올가을엔 웃자

환히 웃으며 떠나는
단풍잎처럼
해마다 한 철씩 웃다 보면
부쩍 젊어지는 마음으로
겨울을 맞이하려니
웃는 채로 얼어붙어 보자

입동 얼음 속 박제로 박혀진
단풍잎 조각들처럼
누군가의 가슴에
웃는 채로 박혀보자

그들 웃을 때마다
더욱 크게 깔깔대어 보자
다물어지지 않는 입가 오르내리며
그들 삶 응원해 보자
- 시 「낙엽처럼」 전문

시인은 시 「낙엽처럼」에서 웃자고 말한다. 행복도 그렇지만 낙엽의 웃음은 파동을 일으켜서 공명현상을 부른다. 가을은 환하게 웃으면서 떠나는 낙엽처럼, 낙엽을 응원하는 삶처럼. 함께 크게 웃어보자고 말한다.

지금껏 신순희 시인의 시집 『삐뚤삐뚤 춤추는 인생』에 실린 120편의 시를 감상했다.

누구나 삐뚤삐뚤한 인생길을 걷다가 언젠가 제자리로 돌아온다. 그때 시인은 시를 쓴다. 낙엽처럼 멀리 떠나고, 헤매고, 잊힌 듯한 삶이지만 다시 봄을 맞이하는 것처럼 젊은 마음으로 돌아와 자신을 살피는 것이다.

'시를 읽는다.'는 것은 시라는 장르의 관습을 이해하는 일이다. 그에 상응하는 읽기를 반드시 수행해야 한다. 시를 제대로 읽기 위해서는 '긴장(tension)'이 필요하다.

시는 다시 말하지만 체험이다. 시는 여러 차례 반복해서 읽는 과정에서 더욱 그 묘미가 드러난다. 신순희 시인의 시 작품을 통해서 삶의 성찰과 깨달음이 있는 과정이 되길 소망한다. 다시금 신순희 시인의 열정적인 창작활동을 존경한다. 그의 건승과 건필을 기원한다.

MEMO

MEMO

■ 글벗시선 233 신순희 다섯 번째 시집

삐뚤삐뚤 춤추는 인생

인 쇄 일 2025년 10월 24일
발 행 일 2025년 10월 24일
지 은 이 신 순 희
펴 낸 이 한 주 희
편집주간 최 봉 희
펴 낸 곳 도서출판 글벗
출판등록 2007. 10. 29(제406-2007-100호)
주   소 경기도 연천군 연천읍 현문로 433-27
         종자와시인박물관 내
홈페이지 https://cafe.daum.net/geulbutsarang
E- mail pajuhumanbook@hanmail.net
전화번호 010-2442-1466
팩   스 031-957-7319
가   격 12,000원
I S B N 978-89-6533-307-4 04810